まさを
僕は君の
傷跡《永遠》に
なりたい
僕は君の傷跡（永遠）になりたい
KADOKAWA

はじめに

また会えた人も、初めて会う人も、こんにちは。

この本では、僕自身のものと、僕が人づてに聞いた
傷にまつわる話をお話ししたいと思う。
そのために主語がところどころ変わる部分もあるけれど
匿名の者たちのあらゆる話だと思って、
聞いてもらえたら嬉しい。

僕は、人が抱える傷こそが人生の正体、
その秘密だと考えている。

傷には、
取り返しがつかないと感じること
決定的に人生を変えてしまったと感じる瞬間

そのような激しいものから、
今も心の中で仄《ほの》かな光を放つ光景
思いがけずふと蘇《よみがえ》る出来事
気がつけばいつも自身の隣にあるようなもの
様々あると思う。

生の一瞬の輝きを引き起こす
かけがえのない経験の痕跡として
癒える傷があれば、癒えない傷もあるわけだが
僕はあえて、癒えない傷のほうにも目を向けてみたいと思う。

傷というのは、
それがどのような感情を伴うものであっても、
抱えるその人が確かに生きた証《あかし》であると思うからだ。

あらゆる感情がその傷の周りにあると思う。
引っ掻《か》いてもいい、噛《か》みついてもいい
撫《な》でてもいい、見ないふりをしてもいい。

一口には言えない傷があり
触れることさえできない傷があるだろうが
その傷さえも人生の欠片《かけら》だと
愛せるときはくるのだろうかとよく考える。

僕には、かけがえのない人がいた。
その人とお揃《そろ》いのものをつけたくて、
本当は嫌だったけれどもピアスを開けたことがある。
チクッとした痛みの後、
ジーンと痺《しび》れるような感覚があった。

お揃いをした頃と変化して、
日が経てば離れていく人もいるわけで。
この人と僕も結局は、離れ離れになる関係性となった。

別れた後、嫌だったピアスを外したが、
一度開けてしまったその場所には、傷の跡が残ることになった。
イヤリングにしておけばよかった、と後悔した。

しかし、君に出会う前の僕に戻りたいと思っても、
そうはいかない。
君と出会った僕は、君と出会う前の僕とは別人だ。
比喩でも何でもなく、このピアスの穴がその証明だ。
君にまつわるあらゆる記憶と感情を
僕はこのピアスに宿して生きているのだと気づいた。

人はどうしても忘れてしまう生き物だが、
あらゆるものの力を借りて、
また愛する人に会いに行きたいと思う。
この傷があれば、会いに行けると思う。

傷にもいろいろある。
目に見える傷から、
それを上回るほどに、心の中で無数の傷を抱えている人もいる。
傷のついていない人なんて、この世には存在しないのだと思う。
だから僕は、傷について、

触れてみたくなった。だからこの本を書いた。

水木しげるさんの
「本気で人を幸せにしようと思ったら、
自分が傷つくことくらい覚悟しなくちゃいかんのだ」
という言葉が、僕にとっては大きな救いとなっている。

人と人が出会うことには、
人と人が関わることには、
幸せには、その全てに傷がつきものだとして。

人生にある無数の傷は、
生に、人に、世界に、幸せのために
関わろうとした証なのだと思うから。

願わくば、この本があなたに
何かしらの痕跡を残すものとなり
この本に出会った後のあなたが

幸せな変化を抱けますように。

傷ついているあなたが、いつか幸せだと気づけますように。

2024年11月

まさを

第2章

好きにまつわる傷・1

第3章

好きにまつわる傷・2

第4章

家族にまつわる傷

第5章 匿名の誰かにまつわる傷

装丁　坂川朱音（朱猫堂）
本文デザイン　山之口正和＋永井里実（OKIKATA）
装丁写真　サトウノブタカ
本文写真　まさを
本文DTP　エヴリ・シンク
校正　山崎春江
編集　大井智水

第1章

私にまつわる傷

もう何処にもいない
あの人の存在

昨日、火葬された。
僕の愛する人が。

昨日までは確かに目の前に存在していたのに、
今日はもう、この世にいない。

昨日と今日を隔てるものは何だろう。
僕自身は何も変わっていないはずなのに、
僕自身の何かがさらさらと落ちて
削り取られていく感覚が止まらない。

記憶の端からぽろぽろと、
あの人が失われていくのがわかる。
あの人の匂いや声や姿かたちや話し方が、
もうわからなくなっている。

確かに愛していたはずなのに、
今日から何を愛せばいいのか、と悩む。

僕のあの人への愛は、これから先増えることはなく
減るいっぽうなのだろうか。

二度と取り戻すことのできない喪失感に
心が無性に焦りを抱くが
冷静な頭は
〝それでも、知らないうちに慣れていくのかな〟
とも囁《ささや》いてくる。

慣れたくないものほど、慣れていくもので。
この悲しみにも、いずれ慣れていくのかもしれない。

わからない。わからない。
この世界はわからないものでいっぱいだから。
わからないことだらけだから。

だから、せめて、と考える。
せめて、あの人が死んだと思わないようにしよう。

きっと、あの人が完全に失われたわけではないのだ。
あの人は、こちら側を去って、
代わりに、あちら側で生まれることにしたのだ。

そう。ここではない、別のどこかにあの人はいるのだろう。
僕がいる、〝ここ〟とは違う場所に生まれ直しただけで。
だから、あの人は完全に失われたわけではないのだろう。

その証拠に
ふと風が横切るように
光が仄かに輝くように
記憶をふと思い出すように
あの人と交差する瞬間がこの先もきっと
必ず訪れるはずだから。

僕もいつか、あちら側で生まれる。
今はもう、あの人が、こちら側の何処《どこ》にもいないことは
わかりきっている。

心にできた傷を癒してくれる存在はいないけれど、
僕はまだ、あちら側で生まれられそうにないけれど、
あの人はきっと今もいるのだと、そう確信してやまない。

誰かの傷だったはずが僕に

僕の腕には昔、子どもを庇《かば》ったときにできた傷がある。
その傷を人からあまり見られたくなくて、夏でも長袖を着ている。
「暑いのに、どうして長袖を着ているの?」と訊ねられても、
「日焼けは健康に悪いからね」と誤魔化す。

陰では、
「入れ墨でも入っているんじゃない?」「リストカットかも」
などと言われていることは知っているけれど
何と言われても、弁解する気持ちは僕にはない。

昔、小さな子どもを庇ったことがある。
それは、台風が近づいていた、風の強い日だった。
僕は早く帰ろうと歩いていたが、
目の前を歩いていた子どももそうだった。

真横からは、僕らを押し返そうとしているのかと思うほどの
強い風が吹いていて、目線を上げるのにも一苦労だった。

しばらくして、斜め上から嫌な音が聞こえた。
それは木の枝が折れる音で、子どもにとっては大きいと感じるほどの枝が予測できない軌道を描いて落ちてくる。

僕は自分のことなんて忘れて、その子を助けようと必死だった。
子どもの泣き叫ぶ声と、腕から出てくる血に気づいた。
近くにいた人が「大丈夫ですか」と話しかけてくる。
「大丈夫です。救急車を呼んでください」とだけ言って、僕はそのまま座り込んだ。

その後、医者から告げられたのは、「傷跡は残るだろう」ということだった。
そうか、と思う。決して悪いことをした傷ではない。
それでも、傷を誰かに見られるのはあまりいい気がしない。

誰かの傷だったはずが僕にある。でも、それでいいと思う。
あの子どもの腕に、これがないのだから。

「優しいね」という呪縛

「優しいね」と言われることで、
「優しそう」と言われることで、すり減っていく私の心がある。

私はただ、我慢をしているだけで。
私はまだ、本当の自分を出していないだけで。

言いたいことはたくさんあるし、
言えないけれど思っていることもある
ただ、それを相手に伝えるのが苦手で、
相手からどう思われるのか、考えるのが嫌なのだ。

「優しいね」という言葉が呪縛となり、
私は一歩も動けない感覚に陥ったことがある。

優しい自分でいるために、今の自分を維持するために、
何もできないいままの自分を演じる。

演じる。演じる。

いっそのこと、誰かに本性を曝《さら》け出されれば。
どうせなら、私の本音に誰かが気づいてくれれば。
ないものねだりばかりが、脳裏を過《よぎ》る。
優しくない自分と優しい自分が喧嘩《けんか》をする。
それを「やめて」と止める自分もいるわけで。
三者が三者、登場人物の全員が傷ついていくのを止められない。
自分は、どちらの味方になるつもりなのだろうか。

「またね」と「バイバイ」と「今度ね」

終わりを告げるために、言う台詞《せりふ》が3つある。
「またね」と「バイバイ」と「今度ね」。

「またね」は、次を軽く約束できる感じがするから好き。
「バイバイ」は、次なんてないように感じられるから苦手。
「今度ね」は、いつかもわからない約束をされているようで嫌い。

〝終わりよければ全てよし〟という言葉があるけれど、
言葉ひとつで終わりがよくない状況になることだってある。

人との別れを告げるときも一緒だ。

私は、今から火葬される故人に何と言うべきか、毎回悩む。
どの言葉を選んでも、悲しさだけが残り続けるわけで。

「またね」なんてないし、「今度ね」もない。
「バイバイ」はあまりにも、遠ざけているように感じる。

もっと愛を、思いを、伝えるための台詞が必要だと思った。
今会える人こそ大事にするべきで、
会えなくなった人からは学ぶべきで。
別れを拒むために、出会いを減らすことだってある。
けれど人は、どこまでも1人では生きていけないものみたいで。

不定期な個人ブログ

いつも見ているブログがある。
その名は「普遍的な人による、普遍的なもの」。
見る人によっては惹《ひ》かれる名前だと思う。
実際、私は検索エンジンでこの名前を見た瞬間、クリックしていた。

更新頻度は少なく、3つ前の記事は4年前。
そして2つ前と1つ前の記事は3年前。
それで、今見ている記事は2週間前のものだった。

不定期更新による、ブログ。
書かれている内容は筆者が感じたこと。

4年前の思いと、3年前の思い、
3年前の思いと、2週間前の思いは全然違っていて。

記事数もそこまで多くないことから
全部読むことを全然苦とは思わなかった。

だから時間のある限り、読む。
全てを読み切ってもなお、再度読み直したりする。
文字には、底知れぬ力があると感じた。
筆者の文字を見ていることで、筆者のことを好きになりだしたから。
この人の次の記事、早く読みたいと思う。
そのブログをブックマークしておき、毎日確認していた。
けれど更新されるわけもなく。
ただただ、思いだけが大きくなる。
この人にいつか、思いを伝えたいなと思う。

喋らなければ高嶺の花

友達から、「喋《しゃべ》らなければモテそうなのに」と言われた。
だから「モテそうじゃなくて、モテたい」と答えた。

私、喋らなければそれなりに可愛いみたいで。
自分で言うのもなんだけど、他人からの視線をよく感じる。

そして近寄ってきた異性に話しかけられて、
その話に応じてしまったがゆえに離れられてしまった。

私の話はあまり、面白くないみたいで。
もしくは、声の印象が違いすぎるからなのか。

喋らなければ、というけれど
喋らないということは難しいもの。

それに女の子ならなおさら、
たくさんのことを話したいと思う。

喋らないでいるときだけ近寄ってくる人より、
喋っている私を見て近寄ってきてくれる人がいるといいのに、と思う。
いつしか、喋ることさえもコンプレックスになるような気がした。

照れて触った髪

照れるとき、必ず人には癖があるとして。
私には、前髪を触る癖がある。

自分好みの異性から話しかけられたとき、
何も言えなくなって前髪を触る。

「この人からよく見られたい」という本心の現れだと思う。
「乱れた姿だとみっともない」という偏見だと思う。

照れて、前髪を触る。スッと撫でるように。
そして頬が赤くなる前に、そっと両手で顔を覆う。
あくまでも平静を保つために。

相手から見て、「この人の顔、赤いな」と思われていないか、と悩む。
相手から見て、「この人、変な人だな」と思われていないか、と悩む。

「大好きだよ」と言われれば、誰もが頬を赤くするとして。
あなたにはどういった癖があるのだろう。

照れるときの行動が、その人の隠したい部分を表すように思う。
コンプレックスとはまた違う、
第2のコンプレックスみたいなものが。

録音する。明日のために

「明日の自分へ。今日は絶不調だよ」と録音。
毎日の思いや出来事を録音することで、
明日の自分にそれを伝えることができる。
昨日の自分がどういったことを考えていたのか、
なんてどうでもいいと言ってしまえばそれまでだけれども。
少しでも、過去の自分と繋《つな》がるために
自分が思いついた手法が録音だった。
「明日の自分へ。今日は人助けをしたよ」と録音。
昨日の自分が人を助けた。
けれど今日の自分には関係もなく。
「明日の自分へ。今日は熱が出て寝込んでたよ」と録音。

昨日の自分が熱を出し、
今日の自分がもっと苦しんでいる。

昨日と今日、違う1日として切り取ることができるけれど、
結局はどこかしら繋がっている部分があるのだと思う。

全てを繋げるわけではなく。1本の線だけでも繋がっていれば。

明日のために今日も録音をする。

「明日の自分へ。今日は熱でずっと寝込んでいたよ」と。

小さな頃の夢

小さな頃は、何だってなれると信じていた。

男の子の夢が「仮面ライダー」ならば、
女の子の夢は「プリキュア」か。

もう、この夢さえも古びてしまっているように思う。

仮面ライダーを観なくなった。
作り物だと感じて、素直に楽しめないから。

裏ではたくさんの大人が動いて、
１つの作品として世に出しているわけで。

こんな存在が、実在していたらいいのに、と思う。
けれども、怪物も実在してしまうのだけは嫌だ。

今の夢は「金を稼げればいいいな」くらい。

子どもの頃の自分が聞いたら、どう思うのだろう。
「僕、仮面ライダーのほうがいい!」と言うのだろうか。
もしくは「お金って何?」と言うくらい無知なのかなと思う。

生きていく中で、知りたいことも知りたくないことも知った。
知らないまま生きていたほうが幸せだったことも知った。

「仮面ライダーなんて存在しない」と知ったのは、
仮面ライダーショーで隣になった青年が
「でも中身は人間だろ」と言っていたのを聞いたからだ。

社会人になった今、子どもって無垢《むく》で可愛いな、と思う。
そして年を重ねるごとに、夢を失っていくのかなと思った。

2人だから
意味があるわけで

私の友達はいつも、2人で遊ぼうとしてくる。
私からすれば「大人数のほうが喋りやすいのに」と思う。
けれども、友達は頑《かたく》なに、3人以上に人を増やそうとはしなかった。
もちろん、その友達とは小学校の頃からの付き合いで、気まずいとかはない。
ただ、どうして2人になりたがるのかと思った。
ある日、「どうして2人で遊びたがるの?」と聞いた。
友達は「3人以上になってしまうと、本心が見えないから」と答えた。
人が多くなるたびに、話さなくてもいい人が出てくるわけで。
できるだけ私と話したい、と言ってくれているように感じた。
「なんか、ロマンチックな言い分だね」と私。
「そんなことないよ」と友達。
小学生の頃から、友達は照れるたびに頬を赤くしていた。

このときも友達は、頬を赤くしていた。
「けれど、私の本心を見ようとするなんて変態」と私。
「本心で話さないと、楽しくないでしょう？」と友達。
ふざけたノリを、真面目に返されてしまい、迷う。
「そうだね。本心じゃないと、わからないしね」と私。
この友達とはずっと、関係が続く気がする。
気がするというよりかは、切れないと思う。
現にもう、11年ほど続いているわけで。
今でも遊ぶ仲だから、親友と言える大事な人だ。

なに、死ぬの

「なに、死ぬの」と言われた。
学校の屋上から、校庭を見下ろしていたら。
「死ぬわけないですよ、まだ」と答える。
どうやら先生が屋上に来たらしい。
「そこは危ないから離れなさい」と言われる。
「すみません、景色が綺麗で」と答える。
そして、あっ、と大きな声を出す。
先生が慌てた様子でこちらを凝視してくる。
「どうしたんですか。躓《つまず》いただけですよ」と私。
「もう。落ちたのかと思ったじゃない」と先生。
「落ちたら嬉しいですか？」と私。
「まぁ、クラスの平均成績は上がるけど」と先生。

遠回しに馬鹿にされていることを感じる。

「落ちないですよ。先生が落ちるまでは」と私。

「落ちないわよ。まだ足腰強いんだから」と先生。

階段を下りるとき、「よいしょよいしょ」と言うくせに足腰が強いなんてよく言えたもんだよな。

「先生、何で私が屋上にいたかわかります？」と私。

「景色を見ていたんでしょう？」と先生。

ここでちょっと、私は暗い顔をする。

そして「本当は落ちるつもりでした」と私。

妬みの可能性

何もしていないのに、嫌われる。
話したことすらないのに、貶《けな》される。

その理由が「妬み」だとあの頃に気づければ。

私は学生時代、いじめられっ子だと思っていた。
何もしていないのに、陰で悪口を言われている。
関わりのない人に変な噂《うわさ》を流される。

それを〝いじめ〟と思っていた自分。
今は〝嫉妬〟だと思えるのに。

すごく、悩んでいた。
どうすれば皆と仲良くなれるのか。

「私が邪魔なことをした？」とか「私が迷惑なことをした？」と考える。
けれど、そもそも関係もないのに思いつくわけもなく。

学生時代、あまり人付き合いをしてこなかった。
また、いじめられると思っていたから。

でも今ならわかる。私に嫉妬していたんだって。
そもそも人は、興味のない人には関心がないのが普通だ。

けれど今は、私に対して何かしら突っかかってくるということは
一方的に相手が何かしら思っているという事実でしかないとわかる。

早く、この考えに気づくべきだった。
青春を無駄にしたな、と思う。

けれど今は、悪口や陰口を言われるたびに
〝嫉妬してるのね、OK、OK〟と思えるから今が楽しかったりする。

天才を目の当たりにして

天才を目《ま》の当たりにして、死にたくなった。
自分とここまでかけ離れた人物が存在するとは。

LIVEに行った。
もともと、何度か曲を聴いていた人の。

登場シーンから圧倒的なオーラを纏《まと》わせて、
堂々と歩くかと思えば手で顔を隠したりとお茶目で。

そしてピアノを弾くときの真剣な眼差し。
「YouTubeで観ていたままだ」と感動する。

彼はステージ上で
バンドメンバーとさまざまな曲を奏でていった。

ピアノを弾くだけでも凄いことなのに、
歌もうまくて顔も整っていてMCもギャップ萌えで。

こんなに多才な人物と同じ空間にいると思うと、
どうしてもどうしても、自分が酷《ひど》く感じてしまった。

同じものは持ち合わせていて、
それ以上のものをその人が持っているだけなのに。

憧れとも目標とも違う、もはや夢。

夢のような人だった。天才とはそういうものなのか。
SNSでは「天使かと思った」と書かれていた。

神の言葉を伝えるために地上に降りてきたかのような、
そんな瞬間を1時間半ほど味わうことができた。

そして死にたくなった。絶望した。
同じ人間が、あれほどまでに天才的なのだと知って。

思うことを形にできない

頭の中には浮かんでいる。
指がバラバラと動くほどやる気がある。
なのに、思うことを形にできない。
ムズムズする。頭の中にはあるのに。

頭の中にあるものを表現しようとすると、
なぜかストッパーのようなものがかかる。

そして言語化できなくなり、
うまくそれが伝わらないまま消えていく。

形にすることができれば、何かが変わっていたはずだった。
何かを変えるほどのことを思いついていたはずだった。

なのに、形にしていないから意味がなくなり、
頭にあるものもいつか、音もなく消えていった。

そしてまた思いつく。
けれど、また言語化できなくなり、
そのまま雪のように溶けてなくなるばかりだった。

人生とはこの連続だと思う。
思いつくけれど、形にはしていないことばかり。

形にできた人だけが、活躍しているわけで。
形にできなかった人たちが、形にできた人を応援する。

形にしたい。形にしたい。

そう思う気持ちが、「何者かになりたい」と思う若者と同じような気がして、
スンッと涼しい風が背中を通るのを感じた。

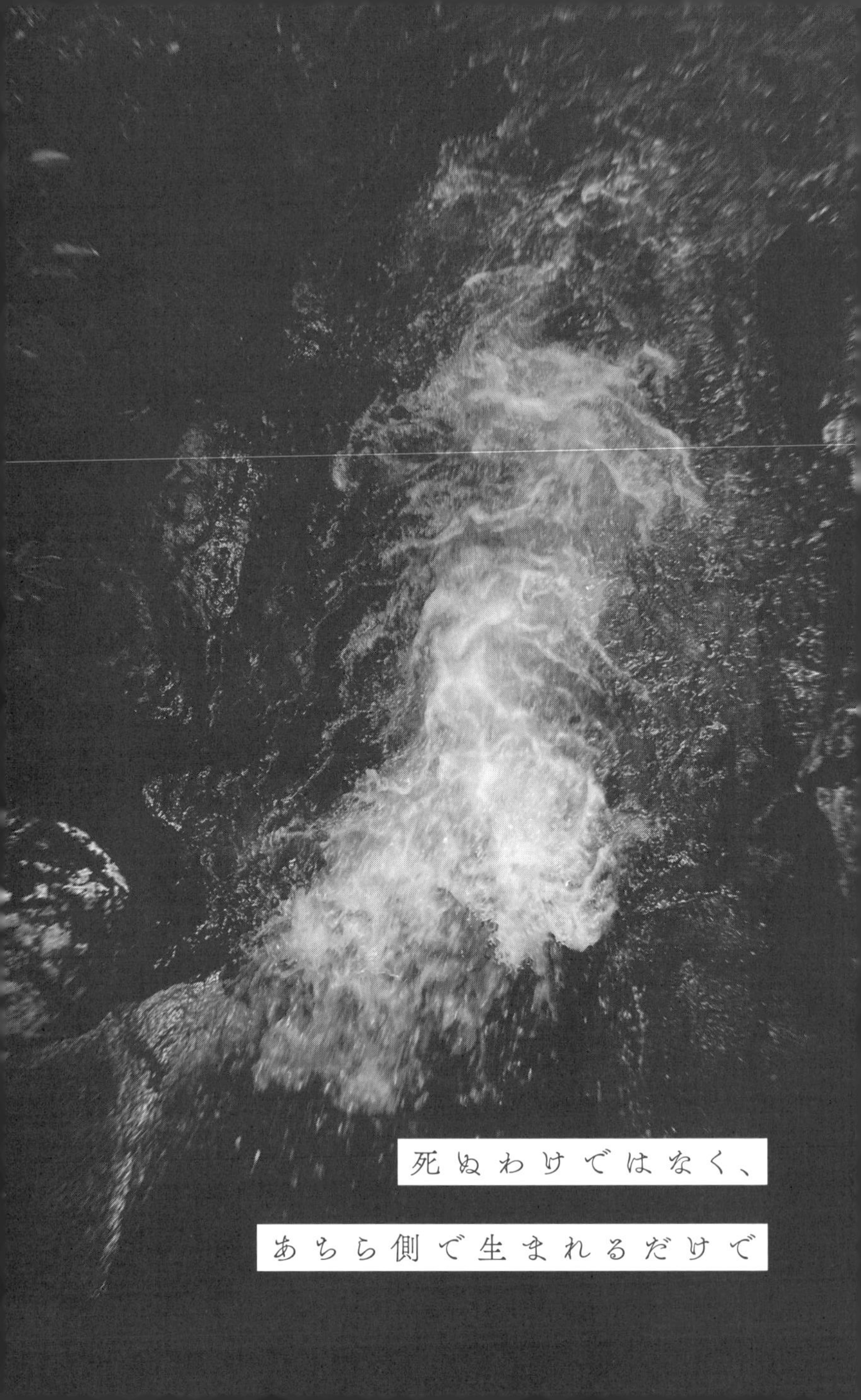

死ぬわけではなく、
あちら側で生まれるだけで

第2章

好きにまつわる傷・1

香水の甘い傷

匂いを嗅ぐだけで、それが君だとわかる。
ここまでくるとさすがに、愛以上の思いがある気がする。

君の匂いを感じるだけで僕は気持ちが落ち着く。
夜、不安で眠れないときは、君の匂いを思い出すようにしている。
睡眠薬が、あなたの匂いでできているのなら
僕はこの先一生、不眠で悩むことはなくなるだろう。

君の匂いは、甘すぎて酔う感覚に陥る。
隣にいてくれるだけで、
僕は心の中を蝕《むしば》まれているように感じる。

「今日の香水は匂いが強いね」と僕は言った。
「君に会えるのが最後だからね」と言われた。

あなたの匂いが、僕には必要だった。
会えなくなることをわかったうえで、
肺一杯にその匂いを嗅ぐ。

もう忘れられないな、と。

君の匂いのせいで、僕の人生が狂う。
もっと狂いたいと思う。
あわよくば、君の人生も狂っていてほしいと思う。

僕は君を忘れたくない。
君の匂いを一生忘れないように刻み込むには
僕はどうしたらよかったのだろう。

一途すぎたがゆえに

たんに一途だったから、
変に一途すぎたから、不幸になった。

一般的に、「1つを愛し尽くすこと」は素敵なことだと言われる。

けれど、僕からどれだけ愛しても、
相手から僕が愛されていなければ
その一途さは気持ち悪いものとなる。
一方的な恋愛をいつまでも続けていることは
どこか不自然であるらしい。

こんなに、抑えきれないほどに好きなのに、
何度も君を頭の中で想像するくらいに考えているのに、
結ばれそうにない。
どうして？　どうして？　どうして？

一途すぎたから、期待する。
一途すぎたから、興奮する。

それのどこがいけないことなのか。わからなくて苦しむ。
アイドルに一途、キャラクターに一途、趣味に一途、
何かを好きになることは素晴らしいことなのに。

一途だからこその苦しさがある。
一途であればあるほど、深く傷つく。

自分の思い描く理想像と、現実のギャップに幻滅する。

「好きだ」という思いだけで、
ここまで苦しめられる一途な思いは、どう癒せばよいものか。

趣味移し

僕という人間はとても単純であるがゆえに、
誰かを好きになることで、よく、趣味が変わる。
その人の色に染まるように簡単に、その人の趣味に染まる。
「好き」という気持ちが伝染していくように、
趣味がその人から僕に移ってくる感覚だ。
逆に自分の趣味も、相手に移すことに成功することもある。

僕はこれを、「趣味移し」と呼んでいる。

好きだから自分もしてみる。
好きだからこの人にもさせてみる。
意識的にもそうするし、
無意識にしていたらこんなに喜ばしいことはない。

しかし、この趣味移し。
別れてからが地獄で。

もともとは自分の中になかった
人から移された趣味。
その痕跡を見つけるたびに
その持ち主を思い出す。

付き合っているときは幸せだと感じられるものも、
別れてからはただただ、
付随している記憶が重たいのだ。

こんな趣味、もらわなければよかったと後悔することもあった。

趣味移し。よい語呂を持っているけれど、おすすめはしない。
その響きの可愛らしさ以上に、爪痕は深く醜い。

夜中だけの、ひとしきりの愛

彼女は夜中だけ、愛してくる。

昼間には見せることのない顔で、こちらを見てくる。


ひとしきりの愛。


彼女が今、僕に見せている顔と昼間見せている顔。

さて、どちらが本当の顔なのだろう。


そっと、彼女に後ろから抱きつかれる。

そしてその彼女は僕に、

「私のこと、好き?」と聞いてくるのだ。


「私は本気だよ。彼と別れてあなただけのものになる」

そう囁いてくる彼女に僕は、

「嘘だ。あなたは彼を捨てられない」と言った。


夜中だけの、ちょっと短い愛。

第2章

好きにまつわる傷・1

僕の愛が、彼女らの持つ数年間の関係に
溝を掘れるほど強ければいいのに。
この愛が、彼女にとっても
失《な》くしたくないものであればいいのに。
軽々しく無視できないほど深い傷を
彼女の身体に刻んでやりたいのに。

この前彼女の身体に、バレないように
こっそりとキスマークを残してみた。
彼女の彼氏は気づいただろうか。
気がつく前に、消えてしまっただろうか。

淡い期待と傷。
虚しい思いと理想。
今日も僕は彼女に、数万円を手渡した。

自殺、2回目の失敗

僕は自殺に、2回失敗している。
理由はたんに、君に邪魔をされたから。

1回目、僕は飛び降りようとした。
職場の屋上から、えいっと、身を投げ出すつもりだった。
その瞬間、ピロン、とスマホが鳴った。
君から届いた、「今夜、一緒にご飯食べよう」
というメッセージに邪魔をされた。

2回目は首を吊ろうとした。
Amazonで購入した縄と梯子《はしご》を車に詰めて、
青木ヶ原樹海に向かおうとした。
無言で運転するときに届いた
君からの、「明日、会える?」
という言葉にまた邪魔をされた。

死にたがりな僕と、絶対に僕を死なせない君。
悲しいことだが、次も、やがて来るだろう。
けれど、いつまで経っても、
僕は君の「私はあなたが好きよ」という言葉に
惑わされるのだと思う。

涙のわけを知らない君

君は何も知らない。
どうして私が泣いているのか。

知らないままのほうが、君は素敵だ。
何も知らないまま、生き抜いてほしいとさえ思う。

泣いてしまうのは私が君を好きだからではない。
泣いてしまうのは私が君を嫌いだからでもない。

泣いてしまうのはただ、私が夜の寂しさに勝つことができないから。

君が夜、私を置いて先に寝てしまうから、だから私は。
寂しくて、寂しくて、いつも泣いてしまうわけで。

いつか君が、私の涙に気づく日がくるとは思っていない。

そう思う時点で、そうならなかったときに落ち込みたくないから。

私は今日の夜もまた、泣くのだろうか。
早く寝ることができなくて、誰かに縋《すが》りたくなるのだろうか。
素直に言えればな、と思う。
けれど、言ったところでな、とも思う。

「一緒に死のう」と誘われたテーマパーク

テーマパークは、世界中から人が集まる場所で。
テーマパークは、人が幸せを求めて集まる場所で。
テーマパークは、少し勇気を持たせてもらえる場所で。
それなのに僕は、元カノから「一緒に死のう」と誘われた。

数年前、元カノとのデート。テーマパークに行った。
前日からチケットを予約して、準備万端でワクワクと。
人の多い入場口を通り、メインの場所まで歩く。
大勢の人が一斉に同じ方向へ進む場面が、可笑《おか》しかった。

城が聳《そび》え立つところまで行き、どこに行くか話し合う。
そして、写真を撮った。一緒に来た記念に、とスマホを地面に置いて
僕たちはジャンプをして写真に写った。

このままの時間が続けばいいのにとさえ思った。
けれど、幸せだと思う時間は一瞬で過ぎてしまうもので。
待ち時間も長かったりして、すぐに帰る時間となってしまった。

元カノと、入場してきた門まで戻る。
その門に向かう最中に、元カノから、「一緒に死のう」と言われたのだ。
幸せでお腹一杯の僕は、「ん?」と聞き返した。

「だから一緒に死のう」と、元カノは言ってくる。真顔で。
今までの顔とは違う、真剣に僕を見つめてくる元カノの眼。
怖いとさえ感じた。

だから僕は答えを伝えないまま、門を通り、
「僕はこっちだから」と言ってそれぞれの家へ帰った。
そして、LINEで「別れよう」と伝えた。
既読無視。だから、そこで僕たちは別れたのだと思う。

今も、元カノはどこかで生きているのかなと考えたりする。
それか未《いま》だ、彼氏を作っては「一緒に死のう」と言っているのかと思う。
それとももう、あの世に逝ってしまったのかな、と。

恋人が、
青空に帰った日のこと

私の恋人は、重い病にかかっていた。
余命1年。残された人生は、1年。年齢は18歳。
20歳になることもないまま、この世を去ることを宣告された。

それなのに恋人は、「俺がいなくても世界は回る」と強がっている。
裏では「彼女はいつか俺を忘れる。それが怖い」と泣いていたくせに。

ちょっとした外出のとき、
「今日は青空が綺麗だ。俺もあそこなら行ってみたい」と言っていた。
私は「まだ行かないで。寂しい」と言う。
「行かないよ、できるだけ長く一緒にいよう」と言われる。
私は彼の、男らしいところが好きなのに、
何気ない仕草から愛を感じていたのに、
日が経つごとに彼の身体も弱っていくのがわかった。

次第に彼とは、会えなくなった。
彼から「会いたくない」と言われていた。
彼のお母さん曰《いわ》く、「あなたに今の姿を見せたくない」と。

「それでも会いたい」と伝えても、駄目だった。

彼がこの世を去ったのは、あまりにも唐突だった。
私はその日も、いつものように病院に通っていた。
会えないとわかっていても、それでも通っていた。
そして、彼のお母さんから、彼が亡くなったことを聞いた。

結局、会えないまま。会えないまま。
伝えられないまま。伝えられないまま。
彼の葬式で見た、彼の姿は、あのときの男らしい姿とは全然違っていた。
骨が浮き出るほど痩せ細って、でも少し笑っているようにも見える。
笑って見えたとき、「青空に行けたのかな」と思った。

余命、という寂しさに付き纏われながらも
最期、まで生きようと必死になった彼の勇姿は私を勇気づけてくれた。

あの人の吸っていた煙草で汚れた壁

人は記憶を辿《たど》るために、何かに縋るわけで。

今はいない人を思い出すために、
壁に残った汚れを見て泣くことがある。
あの人が吸って吐いた煙、それが壁を汚していたから。

汚いから、触れたくないはずなのに、どうしても触れたくなる。
触れることで、あの人のいた頃に戻れそうな気がするから。

けれど触っても、壁。
温かさなんてなかった。

煙草を吸って吐いて、
その副流煙を吸って汚れていく肺も、愛になると信じていた。

結局、私は浮気をされたのだけれども。

でも、悲しいなんて思わない。

ちょっぴり、寂しいとは思うけれど。
今もあの人が、どこかで煙草を吸っているのかなと思う。
私がこの壁を塗り替えることで、あの人を忘れられるとも思う。
でも、忘れたくないから今は、このままでいるつもりだ。

数文字を送るために数時間泣いた

たった数文字を送るために、数時間泣いた。

数時間前、「別れよう」とＬＩＮＥがきた。
私は別れるつもりなんてなかった。

だったら、「嫌だ」と送ればいいわけで。
ただ2文字なのに、この2文字に意味がたくさん詰まっていて。

この文字を送ることで、
私が愛する人を困らせてしまうことは理解できる。

この文字を送らないことで、
私は愛する人を手放してしまうことも理解できる。

どちらの世界線が、愛する人が求めているものか。

考えれば、わかる。

「嫌だ」と言えないまま、数時間が経つ。
いろいろ考える。これから先の、私1人の人生も。
そして「今までありがとう」と8文字を送った。
愛する人からは、既読で終わった。
ああ、これからどうしよう、と思う。
人生も、数文字で終わらせてしまいたい。そう思った。

一方的、別れの別れの

正直言って、ずるいと思う。
私の意見なんか聞く耳も持たないで、別れ話をするなんて。
どれだけの時間と体力を、あなたに費やしてきたか。
どれだけのお金と愛を、あなたに費やしてきたか。
このまま一緒なら、結婚して墓まで一緒だと思っていた。
なのにどうして、一方的に別れを切り出すのさ。

なぁ、なんか言ってよ。
なぁ、もう一度笑ってみせてよ。

君は今までに見たことのない、真っ直ぐな顔でこちらを見てくる。
私はその顔を見て、「本気なんだ」と思った。
だから「わかったよ、けどさ」と切り出す。
「好きでいる限りは、好きでいるからね」と言った。

好きを無理やり諦めることはできないわけで。
好きを中途半端にできないわけで。

君は「わかった。でも、もう好きにはならないと思う」と言った。
もうこれでいい。これでよかったんだ、と納得しよう。

明日もまた、今日と同じように好きなままなのかなと思う。
この人はもう、私を好きなんかではないのに。

届きそうにない、小さくなる光

自分の部屋から見る月は、手が届きそうで。
この月に手が届けば、私のことも見つけてもらえる気がして。

ネット恋愛だった。
もう出会えないのに、まだ出会えると思っている。

現実とネットの最大の違いとして、
ネットは、一度ブロックされてしまうと
もうほとんど一生、関われなくなる。
あの人を見つけられなくなってしまう。

ある日私は、好きだった人のＳＮＳのアカウントが
消えているのに気づいた。
いつまでも話せる関係だと思っていたのに、
ある日突然消えた。

昨日まで「また明日」と言っていた記録だけが残る。
もう話せない、という現実。もう関われない、という失望。

いつまで経っても、恋はするわけで。
2年経った今でも、その人のことを思い出す。
急にいなくなったからこそ、心配にもなる。
どこかで生きているのなら、まだよくて、
亡くなっていないことを祈るしかなかった。

月は誰がどこから見ても同じだから、
私の手があの月に届くことができたのであれば、
あの人に私のことも見つけてもらえるのではないかと思う。

見つけてね、見つけてね、と願う。
小さくなる光と希望。
いつまでも待つ。
あの人からの連絡を私は。

机の裏に残された、私と好きな人の相合傘

卒業してからも残り続けるもの。
他人からしてみれば「誰これ」となるもの。

私とあの人の相合傘。
密かに、密かに思いを抱いていた人。

告白をすることもなく、接点も少ないけれど、
私の落とし物を拾ってくれたことだけで恋した。

白い手と、細長い指。
異性を感じさせる血管の太さ。

頭の中で何回も恋をした。

授業中、ひっそりと付箋《ふせん》に書いた相合傘を
机の裏側に貼った。

その上から、机と同じ色のテープを貼ったからバレるわけもなく。

卒業まで、そのまま過ごしていた。

今、あの相合傘がどうなっているのか、と思う。
バレてしまい、剝がされているのかな、と考える。

剝がされたら剝がされたでもよくて、
剝がされていなければ剝がされていなくてもいい。

私の隣にはその人がいるわけで、
学生時代に接点のなかった人と、職場で出会えたから。

淡い夏が、今年もやってくる。

何度もの浮気と何度もの信用

人間は、形を作ってしまうから壊れてしまうわけで。
恋人、という関係性を作ってしまうから
浮気、というものに壊される。

もちろん、壊されないために「信用」する人もいる。
何度浮気されても、
「私は好きだから」という理由だけで許す人もいる。

自分の思いが粉々になるくらい、
ボコボコになるくらい殴られているようなのに、
その人に対しての信用が固い人もいるわけで。

壊す人も、守る人も
この両者はいつまでも、交わることのないもの。

浮気する側は「こいつ許してくれるし」と思う。
許す側は「この人を手放したくない」と思う。

結局は都合のいい関係なわけで。

何度浮気しても、何度信用しても、
交わり合わない平行線がそこには
目に見えないように引かれているのだろうと思う。

記憶に残る、いたという事実

記憶には未だ、残っている事実。

写真に写ったこの人を見て、また過去に戻される。
動画に映るこの人を見て、また私は恋をする。

もういないのに、
いたという事実だけがそこには在り続けていて。

記憶、どうにもできないもの。
トリガーによって、結局は振り返ってしまうもの。

何度となく苦しめられた事実に、
懐かしささえ感じる。
まだいたら、私は、あなたは、
どうなっていたのだろうと思う。

もういないのに。もういないのに。

いる世界線を考えて、現実逃避に明け暮れる。
もういないのに。もう会えないのに。
あの世で生まれたあなたは、今何をしているのだろう。
この写真に写るあなたは、笑顔でいちごを食べているけれど。
そちらでも、笑顔だといいな。満面の笑顔だといいな。

DMの、一方的な好意

同じ学校の先輩を好きになった。
現実では話す勇気がないからと、DMでたくさん話す。
もちろん、DMで話した内容を現実に持ち込むなんて
あまりにも勇気がいることで、私にはできそうになかった。
DMの内容を見てみても、私の好意がだだ洩れ。
相手には「好かれてるな」と勘づかれているかもしれない。

けれどその先輩はあまりにも鈍感で、
私の一方的な好意に気づいていなさそうだった。

「私は先輩のそういうところ、好きですよ」とか
「先輩って意外と、お茶目なところありますよね」とか
「私、恋人いないんですよね。なります?」とか。

DMなら言いたい放題。
でもそれが、DMのいいところでもあるように感じる。

塩な返答がまた、私を熱くさせるわけで。
先輩をどう好きにさせるか、と悩む。

結局は現実に持ち込まなければ進展しないのに。
現実での勇気が出ない私。

結論は出ているのに、いつまでもDMばかり。
いつか終わるのかな、とたまに思う。
このDMも、既読のまま続けられなくなるのかな、と。

私は先輩に「今度、学校で話しましょ」とだけ送った。

生まれた年が違うだけ、違うだけで

私がもう少し早く生まれていれば、
あの人がもう少し遅く生まれていれば、
私たちは結ばれていたのかな、と考える。

2つ上の先輩。

先輩という魅力に惹かれているだけなのかもしれない。
もしくは、その人自身の魅力が醸し出されているからかも。

結ばれることの難しい、年の差。
どう埋めれば結ばれるのか、と悩む。

時間を埋めることはできないわけで、
その人の存在を否定するわけではなくて、
ただ叶《かな》わない願い事をずっと持ち続けている感覚。

生まれた年が違うだけなのに、
どうしてここまで苦しまなければならないのさ。

ねぇ、お母さん。もう少し早く、私を生んでくれれば。
人間はいつまでもないものねだり。
あるものには期待しないくせに。

「先輩、私のこと好き？」と聞く。
「年齢が同じだったら好きだったな」と言われる。

何それ、ずるいよ。
躓く帰り道。

季節外れの曲、聴く理由

夏に合う曲を、冬に聴く。
冬に合う曲を、夏に聴く。

アイスをこたつで暖まりながら食べるように。
鍋を冷房の効いた部屋で食べるように。

いつまでも忘れられない記憶として残るもの。

曲。

思い出としても扱われやすく、思い出にもなりやすい。
「あの人が聴いていた」という情報だけで、自分も聴く。

好きな人の好きに染まるため、
ただ必死に好きなものを揃えようと頑張っていた。

恋をして半年。
未だ付き合えているわけではない。

一方的に好きなだけで。
けれどちょっと、相手からも好かれている気がする。
気がする。気がするだけで。

好きな人の好きな曲は夏に合う曲だった。
私はその人を、夏、好きになった。

今は冬。けれど、その曲を聴く。
曲を聴くことで、繋がれる気がして。

マッチングアプリの架空傷

マッチングアプリを初めて、使った。

どうやら〝いいね〟を押せば相手に通知が行くらしく、
〝スキップ〟を押せば通知が行かないまま次の人を見ることもできた。

さまざまな情報が書かれたプロフィールに目を通す。
趣味が書かれている欄、自己紹介が書かれている欄、そしてその人が設定した写真。

「自分と好みが合う」と思った人が現れるまで、スキップを続ける。
やがて、「この人とは話が合いそうだな」と思う人がいたので〝いいね〟を押した。

どうやら、一方的な〝いいね〟という好意では
連絡を取り合うことができない仕様になっているみたいだった。

だから、お返しが来ないか、待つ。
数時間、数日、数週間、ずっと待つ。

けれど、お返しが来ることはなかった。

「あ、この人は私と話したいと思わなかったんだ」と思う。

なんだか、会ったこともないし、話したことすらない人に、見放されたと感じた。

マッチングアプリの架空でできた傷。

これを何回も繰り返していたら、心が持たないよ、と思った。

花火の散りが別れの始まりとは

夏祭りのトリを飾る、大きく打ちあがる花火。
隣には、1年前から付き合い始めた彼女がいる。

彼女の目に映る花火を見つめて、
思わず彼女と目が合っていることに気づかずにいた。

「どうしたの」と訊ねられて、
「目に映る花火が綺麗だった」と答える。

「海に映る花火も綺麗だよ」と言われたので、
僕は花火が打ちあがるタイミングで海を見た。

確かに綺麗ではあったけれど、
彼女の目に映る綺麗さとはまるで違っていて。

目に映るからこそ、綺麗なのだと思った。
けれど彼女が勧めてくれたものだし、「綺麗だね」と言った。

第2章

好きにまつわる傷・1

私は今日、彼に別れを告げようと思う。
花火が終わって、一緒に帰るとき「別れよう」と伝えるつもりだ。

花火が打ちあがるたび、彼のほうから視線を感じる。
「どうしたの」と訊ねたら、「目に映る花火が綺麗だった」と言う。

目に映る花火も綺麗かもな、と思った。
私はずっと海に映る花火を見ていた。だから「海に映る花火も綺麗だよ」と言った。

彼が、私の意見に、食い入るように「どれどれ」と海を見る。
そして花火が散ることで、海に色鮮やかな模様が現れる。

「綺麗？」と聞くつもりはなかったけれど、
「綺麗だね」と言われたので「そうでしょ」と答えた。

これから、別れを告げられるとは知らない彼の顔は、花火よりも眩《まぶ》しい笑顔だった。

甘い言葉の、甘くない恋

甘い言葉を囁かれて、私は恋に落ちる。
通話中の、相手の声色がわかりやすい時間帯に。

「俺は好きだけどな」と言われる。
「守るよ、死んでしまうまで」とも言われる。

私、甘い言葉には弱いみたいで。
新幹線が目の前を通り過ぎるくらいの速度で、好きになる。

普通なら話せない人との、通話。
会ったこともない人に、恋落とされる。

気持ち悪いかな、怖いかな、危ないかな。

甘い言葉で始まった恋も、結局は甘くないわけで。
付き合えるほどの関係値になることはなかった。

その人特有の声色がある。
少し低い落ち着くトーンの声。
その人はまさに、寝落ちできるくらいの声だった。
私の走馬灯に「この人との通話」が流されるような気がする。
走馬灯のセトリは今からでも、考えておくべきだ。
そう思いながら、その人のフォローを外した。

私だけでなく、
どこかの誰かも見ている。
それだけで
繋がれる気がする

第3章

好きにまつわる傷・2

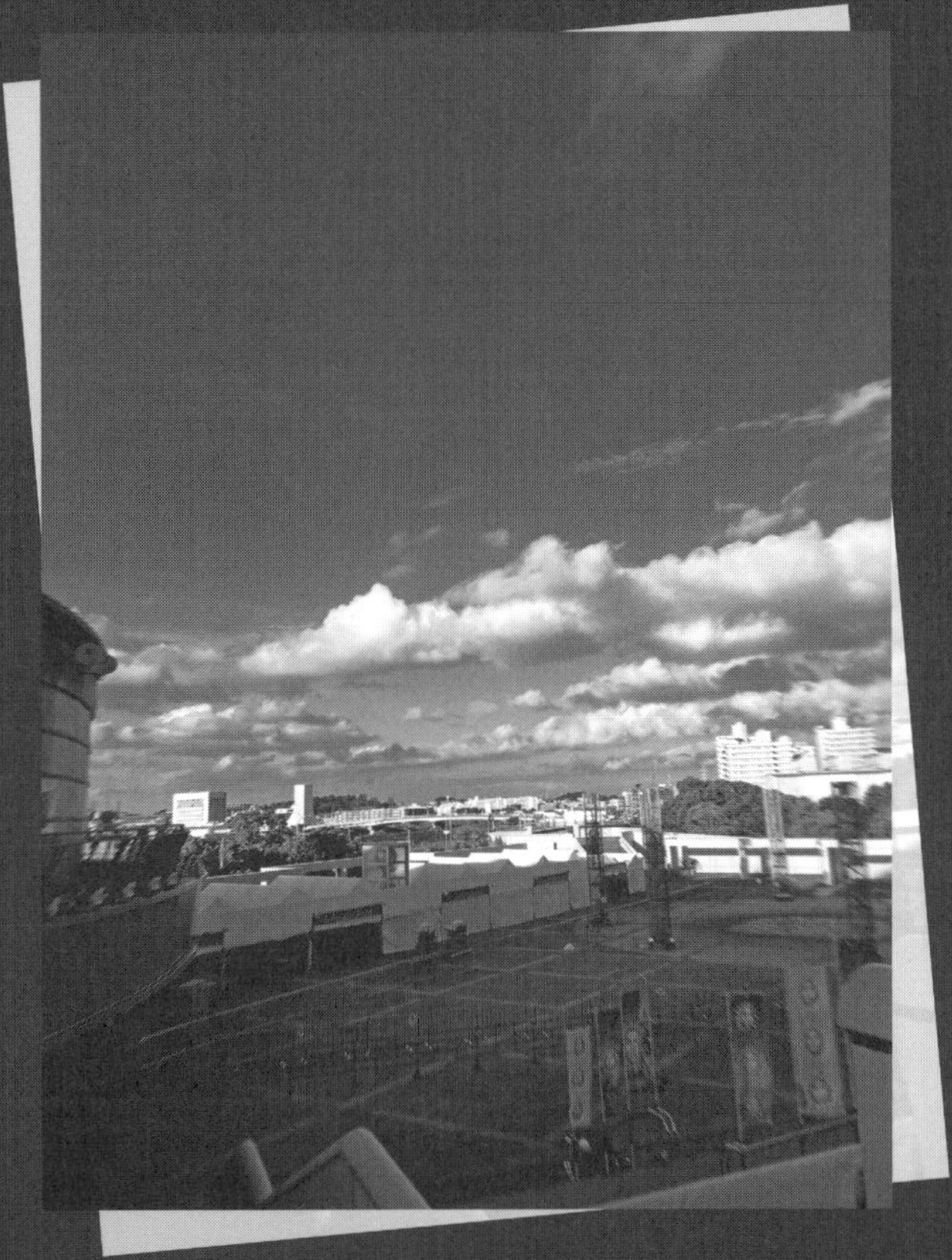

恋してる自分に恋してるだけで

私は今、恋をしている。「誰に?」って?
そうだな、隣のクラスの○○君かな。
でも正確には、「恋をしている自分自身」に。

恋をすると可愛くなれる、と知った。
SNSで見た情報によると、恋する女は皆可愛いとのこと。

だから私は、すぐに気になる人を作った。
ただ、恋をすることで可愛くなれる、と思っていた。
実際、私は可愛くなれているように感じた。

友達からも「最近可愛くなった?　どうした?」と言われる。
恋の魔法ってやつなのかしら。

でも一定ラインを超えると、それ以上可愛くなれなくなった。
どうやら、好きな人に「可愛いね」と言われることが、この先を行くには必要らしい。

ここで、私、もうこれ以上可愛くなれないじゃんと思った。

気になる人がいたとしても、好きな人がいないわけで。
それ以上に、私を好きになってくれる人がいなかった。
そのとき、SNSの情報だけが全てではないと知った。
「恋をする女の子は皆可愛い」は合っていると思う。
けれどそれ以上に「好きな人から可愛いと言われる」ことが何よりも、
可愛くなるための原動力になるのだろうと思った。
自己愛がどれだけ強くても、限界がある。
恋してぇな、とそのとき感じた。

いなくなっても動き続ける時計

旦那と結婚してもう、24年になる。
未だ結婚当初のまま、愛を継続しているわけで。

さすがに「行ってきますのキス」とかはなかったけれど、
「ご飯にする？　お風呂にする？　それとも私？」とふざける仲は継続。

私たちは円満な夫婦だと思っていた。
けれど、ある日旦那が事故で亡くなった。
対向車線から来た車が、よそ見運転をしていたらしく。

腹が立つ。よそ見運転のせいで、旦那がこの世を去った。

いつも同じ部屋に2人でいたから狭く感じていたのに、
いなくなってからはどうしても広く感じる。

新婚旅行で北海道に行ったとき、
「記念に」と買った時計がチクタクと音を鳴らしている。

大事な人がいなくなってから、
愛の詰まったものが部屋にはたくさんあるのだと思った。

時計もそうだし、旦那が愛用していたクッションは私がプレゼントしたものだった。
一緒に使っていた食器も、使わなくなるのかなと思う。
悲しさよりも先に、怒りがくる。

そしてジワジワと、旦那がいない日常に溶け込む中で
悲しさがゆっくりと私の背中に迫ってきた。

泣く。叫ぶ。吐く。

もう、いないんだよ。いないんだね。
チクタクチクタクと鳴り続ける時計。

いなくなっても進み続ける、時間に嫌気がさした。

映画みたいな恋、だっただけで

映画を観終わった後の、あの充実感に似た
エンドロールを観ているときの浸っている気分。

その浸っている気分を続けられているような恋だった。
ずっとフワフワ浮いてしまうような、地に足もつかない愛。

私はずっと、浮かれていた。
学校一のイケメンと付き合うことができたから。

Sっ気の強い彼が「なんだよ、こっち見て」と言う。
私は「だってかっこいいんだもん。もっと見たい」と言う。
「そんなに見るなよ、恥ずかしい」と言われるが、
「別にどれだけ見たっていいでしょ、減るもんじゃないし」と笑って返した。

周囲からは「不釣り合いなカップル」と噂されているみたいで。
正直、私にとってはどうでもよかった。
彼が私を選んでくれたのだから、周りの意見を気にする必要もなかった。

学校終わり、一緒に帰る。
駅、一緒の電車に乗る。
そして私が先に降りて、彼は車窓から手を振って見せた。
私も彼に、手を振り返す。口元だけで「また明日」と伝える。

この愛が、思いが、そして日常が続きますように、と願う。
映画ならば、ここから一旦ピンチに陥って、また再開する流れが多い。

けれど私の恋愛は、ずっとフワフワ浮いているような気がする。

音楽という悪足掻き

どうしても、忘れたい元彼がいる。
忘れなければ、次の恋に進めそうにはない。

だからと、一緒に撮った写真を消す。
一緒に作った指輪も捨てる。
一緒に観た映画や動画の履歴も消す。
一緒に行った場所にも近寄らず。

けれども、何気なくスクロールしていた画面から
一緒に聴いていた音楽が流れてくるたびに、彼を思い出してしまうのだった。

彼と私を繋ぐキューピッドの、悪足掻《わるあが》きか。

スマートフォンを見ない生活をすればいいけれど。
暇になれば見てしまう自分がいて。

結果的にまた、音楽と出会う。
その音楽との出会いが、薄くなった記憶をまた、濃くするのだった。

嫌だな、と思う。
過去にずっと足を引っ張られながら、ずるずると生きているような感じがして。

どれだけ忘れようとしても、
どれだけ前進しようと試みても、
ずっと過去に引き戻されているように感じる。

あぁ、今日も音楽と出会う気がする。
そしてまた、あの人のことを思い出して、泣くのかなと思う。

殴り書きの手紙

殴り書きの手紙。
内容がわからないほど、荒く荒く。

この手紙は、誰かに渡すというものではなく。
ただ、今感じていることを未来の自分に託すためのもの。

過去を塗り替えることはできないけれど、
未来ならどんな色にだって塗り替えられるわけで。

荒く「男に期待するな、男に期待するな」と書いた。
続けて「私は一生独身でいるべきだ」と書いた。

つい先ほど、振られたのだ。
振られたと言うには、あまりにも憎々しいけれど。

「俺、他に好きな人ができた」と言われた。

話を聞くと、相手の女性が、

彼の〝優しさ〟を〝思わせぶり〟と思い、真剣に恋してしまったらしい。

人の気持ちはすぐ変わるから。
どうしようもないことを、どうにかしようとは思わなかった。

ただ、未来の自分に「男に期待するな」と伝えておきたかった。
忘れっぽい性格だからこそ、入念に何回も何回も書いた。

太宰治が芥川龍之介を好きすぎるあまり、
ノートにひたすら名前を書き連ねたように私も。

「男に期待するな、男に期待するな」と荒く書いた。
未来の私が、少しでも笑う回数が増えているといいな。

殴り書きの手紙。今はまだ、引き出しの奥にしまっている。

空に、いくつの星があるか

塾の屋上で休憩しているとき、
「空に、いくつ星ってあると思う?」と聞かれた。
私が恋をして、もう1年が経つ塾の先輩。

どう答えるべきかと悩み、
Googleで【星 何個ある?】と検索した。
そして先輩に「2000億個くらいですかね」と言った。

完全にズルだ。ズルをした。
けれども、こうでもしないと、先輩の気を引ける気がしなかった。

「お! なんで知ってるの? さっき調べたのに」と先輩が言う。
「先輩、調べたんですか。ズル〜」と笑う。
私も調べたから、ズルい仲間だけれども。

「2000億個も星があれば、1つくらい盗んでもバレないと思うんだよね」と先輩。
「どうやって盗みます？　〝星を盗む計画〟でも立ててみます？」と私。
先輩は笑って、「冗談だよ、冗談」と言う。
私も笑いながら「でも、先輩とこうして笑い合えてよかったです」と言った。
「そうだな。この笑った記憶をまた後で思い返して、笑いたい」と先輩が言う。
私は、さりげないこの休憩時間が一生続けばいいのに、と願う。
2000億個あるうちの、どれか1つの星が、微笑んだような気がした。

都合のいいままに、仰せのままに

都合のいいままに、扱われて。
仰せのままに、従ってしまう恋。

「嫌われたくない」という思いが、
「相手の言うことを全て聞く」に変換される私。

相手の言うことを全て聞くことなんざ、
相手からしてみれば〝都合のいい人〟であって。

その人を好きになろうとは思わないはずだ。

けれど、言うことを聞いていることで
いつかきっと、私を振り向いてくれると思っていた。

言うことを聞いていることで
この関係はずっと続くと思っていた。

しかし都合のいい付き合いには、

呆気《あっけ》ない終わりしか待ち伏せていなくて。

身をもって傷を負っていたことも、
結局は自分だけが苦しむ結末になるのだった。

都合のいいままに、仰せのままに。
いつのまにか私は。

誰かに指示をされなければ、決めることのできない人間へとなっていった。

もう好きではない、だけで

もう好きではない、だけで、たぶん大好き。

好きという言葉では表せられないほど、
大きく膨れ上がっていく好意で
私は空へ飛んでいけるような気がする。

風船を膨らませるために息を吹き込む感じで、
私の心に君という存在が吹き込まれていく。

心の中の大部分を、君への好意が占める。

「恋をすると苦しい」という言葉をよく目にするが、
「心の大半が好きな人」だから余裕を持てないのが理由なのだろう。

明日も明後日も、好きな自信がある。
来年も再来年も好きでいる自信しかない。

どこにも向けることのできない好意。

今はもう亡き、過去の文豪への愛。

その人の著書を読むたびに、
その人の紡ぐ文字を指でなぞるたびに、
「同じ時代に生まれたかった」と真剣に思う。

会いたい、なんて欲は言わない。
話したい、という欲もない。

ただ、この好意を
どこに向けるべきなのかを知りたい。

沼。抜け出せないね

どっぷりと浸かった。
彼の醸し出す底なしの沼に。

彼は、煙草を吸って、お酒も飲む。
朝からパチンコに入り浸り、夜は誰かの家に泊まる。

私への愛が日に日に薄くなっているのは感じていた。
けれども、彼が帰ってくる場所にいれば、愛してくれると信じていた。

いつからでしょう、私にお金をせびるようになったのは。
いつからでしょう、お金を渡すことで愛されると勘違いしていたのは。

彼が部屋に入ってくるときの、ふわっとしている匂い。
煙草の匂いを消すために香水を振っているのがわかる。

今日もお金をせびられる。
彼の横顔からは虚しさを感じた。

「たまには、家でゆっくりすれば？」と私。
「家にいても楽しくねぇよ」と彼。

私といても楽しくない、と言い換えられる言葉を浴びる。

はぁ、離れたほうがいいのはわかってるのにな。
はぁ、離れなければ、私が崩壊していくのにな。

沼、沼、沼、沼。

底がどこまで深くにあるのでしょう、彼という沼には。
もしかすると、沼の底には無数の女性が待っているのかも、と思う。
私はそのとき、彼にとって、私ってたくさんいるうちの1人にすぎないのだと感じた。

花火を見なくても、生きてはいけるけど

花火が空に、打ちあがる。
そこら中にいた人たちが、真上を見上げる。
そしてバンッと音を鳴らす花火を見て、
「おお」と感動した声を人々が出す。

花火は言わば、夏の始まりを知らせるもの。
徒競走で、スターターピストルを撃つみたいに。

花火を見なくても、生きてはいけるわけで。
花火を見なくても、夏を感じることはできるわけで。

けれど、花火を見なければ思い返せない記憶もあった。

空に円を描くような、大きな花火ではなく、
ひっそりとするような線香花火をしていた記憶。

当時付き合っていた恋人と、

夏の終わりに線香花火をした。

「本当は夏にしようと思ってたんだけどさ。しなかったし」と余った線香花火。
「それなら、今からしよう。花火」と続ける。

この関係も、線香花火が落ちてしまうような感じで長く続くことはなかった。

けれど記憶としては大事なもので、いつまでも覚えておきたい一瞬がそこにはあった。

花火なんて見なくても、生きてはいける。
けれど、花火がなければあの一瞬はなかったのだと思う。

必ず、必ず

私が好きになる人には必ず、恋人がいる。
どうしてだろう、必ず恋人がいるのは。

私が好きになる人は共通して、優しさがある。
優しさを醸し出すためには余裕も必要で。

結果として、余裕を持つためには
恋人がいることの安心感も含まれているように感じた。

だから私が好きになる人には、
毎回必ず恋人がいるのかなと思う。

恋人がいるからこそ、
余計に魅力的に見えてしまうのかなと思う。

浮気をするとき、
奥さんがいる男性を狙《ねら》うほうがドキドキする。

パートナーがいるからこそ、
出すことのできる雰囲気があるのだと感じた。

まだ初心《うぶ》な、何も知らないような人を好きになれれば、
私は恋人のいない人を好きになれるのだと思う。

けれど結局、惹かれてしまうのは
何事も知りつくしているような余裕のある異性なのだった。

愛の大きさに惑わされる

愛の大きさに惑う。

私はただ、好きだから愛が大きくなっていくだけなのに
それを相手は「重い」という言葉に収めてしまう。

私の愛が「大きい」から、相手の愛が「小さく」なる。
結果として、相手から見れば「重く」感じるのかなと思う。

愛の大きさのせいで、惑う。

どうすれば、この愛を相手が
うまく受け止めてくれるのか、と。

愛を2等分して、片方だけを
相手に渡すことができるのならば、平等か。

けれど、もう片方を自分で持ち続けるというのは
相手にとっての「重い」になってしまう気がする。

相手と同じくらいに、愛すること。
これがこの答えになるのかな、と思う。

けれども、人それぞれで
人を愛する気持ちの大きさは違うわけで。

この悩みに、いつも苦しむ。

生半可な気持ちで
相手を愛することなんてできない。

自分の持つ限り、全てで愛したい。
でもそれは「重い」という言葉に変換されるのだった。

片思いと片思い

片思いと片思いが交差した。

私が好きになった日にちから半年前、
好きな人が私のことを好きではなくなった。

好きな人が私に片思いをしていた時期は、私は好きではなく、
好きな人に私が片思いをしている時期は、その人は好きではない。

もう少し早く好きになれば、と思う。
どうして好意に気づくことができなかったのかと悔やむ。

どんなに悔やんでも、
時間をそのときまで戻すことはできなくて。

ただただ一度消え去った好意という灯を
好きな人の心にもう一度灯さなければならない。

難しいよな。難しいよな。

好きではなくなった人のことを、
どうでもよく感じてしまうのがわかる。
身に染みて、好きな人の素振りからわかる。

過去に戻れるのならば、
好きな人が私を好きな時期に戻りたい。
たらればの話なんて、どうしようもないのに。
どうしよう、どうしようと悩む。

「アレクサ、好きな人に振り向かれる方法は？」と訊ねる。
「わかりませんでした。すみません」との答え。
真夜中、「アレクサ、曲流して」と言い、その日はずっと泣いた。

推しに胸を締め付けられる理由

「この人を見るたびに心が苦しい」と思う。
画面上で活躍している、言わば私の推し。
見るだけで癒される、を体現させてくれる存在。
見るだけで頑張れる、を体現させてくれる存在。

もちろんのこと、私のロック画面には推しを設定している。

だからスマートフォンを開くたび、
推しと目が合う幸せがある。

けれども、Ｆａｃｅ ＩＤにしていることですぐ
ロック画面からホーム画面に移り変わるため、
ホーム画面にも推しの写真を設定している。

毎日、必ず見ることで、やる気が出る。
来月はＬＩＶＥに行けるし、また頑張ろうと思えた。

でもやっぱり、推しが有名になるにつれて
私から離れていってしまうように感じてしまうわけで。

最初から近くになんていないくせに。

「離れていかないで」と思うたびに、胸を締め付けられる。
「私のことを知って」と思うたびに、どうにもできない悩みに苦しむ。

推しという存在が、いつしか私を苦しめる存在となっているにもかかわらず
推しがいないと生きていけない、と思う羽目になっている。

辛いね、誰かを推すってさ。

友達の惚気を見て

何気なくＩｎｓｔａｇｒａｍを開く。
そして、更新されているストーリーを見る。
自分は部屋で、ゴロゴロしているだけなのに。
その画面に映し出される光景は全然違っていて。

自分とは非対称な充実感が
その画面からひしひしと伝わってくる。

恋人との惚気《のろけ》。
「1年記念日」と書かれた投稿。

心の中では「おめでとう」と思っている。
けれども、少しだけ「嫌なものを見た」と感じている自分がいる。

恋人もいないし、日常も充実していない。

自分の生きている意味さえも見出せなくなる始末。

この友達は、本当に幸せそうな顔をしている。
見なければよかった。
でも、見なかったときには戻れないわけで。
見てしまったから、落ち込んでしまうのだった。
ストーリーを「幸せを見てほしい」感覚で上げている人が多い。
だから私は、ストーリーを更新する機会がないのだと思う。
幸せ、なんて訪れる予感さえない。
いつまでも持ち続けるこの黒い感情。
友達に「幸せ自慢気持ち悪い」と送りそうになる。
ダメだ。このままでは、私。私。

恋人なんていなくても

恋人なんていなくても生きてはいけるし、
恋人なんていなくても楽しみは幾つかあるし、
恋人なんていなくても悪いことばかりではないし。

なんて強がっているけれど、
友達の「恋人はいたほうが楽しい」という言葉に惑わされる。

恋人がいない頃は何とも思っていなかったことも、
恋人がいることで気になってくることもある。

恋人がいない頃は何不自由なく暮らせていたのに、
恋人がいることで多少の我慢を強いられることもある。

なんて強がっているけれど、
母親の「あんたね、そろそろ出会い見つけなさい」という言葉に惑わされる。

恋人、という間柄に、どうしても魅力を見出せない自分。
恋人、よりもまだ愛人のほうが魅力的だと思う。

ひとしきりの愛を楽しむことのほうが、
ずっと一緒にいなければならない愛よりも
途《と》轍《てつ》もなく大きな愛情になりそうな気がする。

恋人なんていなくても愛人は作れるし、
恋人なんていなくても愛を感じることはできる。

なんて強がっているけれど、
愛人の「あなたって誰かに恋したことないのね」という言葉に惑わされると思う。

今日抱いた思い

今日、あなたのことを好きなまま眠る。
けれど、明日になっても好きだという意味ではなく。
人の気持ちが、軽く思えてしまうのも仕方がない。
だって、昨日に戻りたくて振り返ってみると、
ところどころに昨日の自分が持ち合わせていた破片が落ちているから。

日が経つごとに人は、
少しずつ欠けていくのだと思う。

夢も希望も、そして愛も。

少しずつ、少しずつ、純粋さも失っていく。
そしていつか、元いた場所へ戻る運命がくる。

今日抱いた思いが、
明日も続くなんて思わないことだ、と。

怖いでしょう？　そう思うと。
だから何かに残しておきたくなる。
写真なりメモなり。形として。
今日の自分が持っている破片を
1つたりとも落とさないために。

去年、見た花火

花火を見た、去年。
今付き合っている恋人ではなく、元恋人と。
そして今日、また花火を見た。
今度は、今付き合っている恋人と。

過去の思い出が、
今日の思い出に塗り替えられていく。

〝幸せ〟だと思っていた時間が、
〝幸せ〟だと思う時間に移り変わっていく。

言葉は同じなのに、意味は違うとして。

過去の〝幸せ〟には、元恋人との思い出が。
今の〝幸せ〟には、恋人との思い出が。

今の〝幸せ〟も、未来的には過去となり、

また誰かに塗り替えられるのかな、と思う。

けれど今は、〝幸せ〟だからそれでいいのだとも思う。

花火という記憶が薄れていくから、
せめて誰と見たのかを覚えているくらいで。

忘れっぽいのかな自分、と悩む。

去年見た、花火が何色だったのかなんてわからない。
けれど、元恋人が着ていた浴衣《ゆかた》の色が水色だったことだけは覚えている。

不意な欲望

不意な欲望が垣間見《かいまみ》える。
〝恋人がほしい〟という欲。

別に何かをしたいわけではなく、
ただ幸せになれると信じているだけで。

表面的な幸せを醸し出すカップルが
私の目の前を通るたびに嫉妬する。

あたかも、不幸せ、と言われているようで。
あたかも、独りなのね、と言われているようで。

独りが悪いわけではないし、
恋人がいることが正義でもない。

恋人がいなくても生きていけるし、
親がいなくたって生きてはいける。

友達がいなくても生きていけるし、
仕事仲間がいなくたって生きてはいける。
ただ寂しいだけで。ただ寂しいだけで。

1つ1つの浮かんでくる思いを、
誰にも共有することなく終わらせてしまうことが。

誰かと共有したい、と思う。
そう思うとき、恋人がほしいのかな。

どうせなら、感性を好きになる恋愛がいい。
そのほうが、欲に忠実なまま過ごせそうだから。

唯一無二

学生時代の唯一無二な匂い。
好きな人が着ている学ランの匂い。

応援団をする人限定の特権。
好きな人に話しかける理由にもなる。

「学ラン貸してほしいんだけど。応援団でさ」と私。
「応援団するんだ、頑張りな」とあなた。

そして、ひょいっと投げられた学ランを受け取る。

「あまり汚さないでよ、綺麗だから」とあなた。
「汚さないよ、洗って返すし」と私。

学ランを借りることで、好きな人の匂いを独り占めできるわけで。
学ランを着る素振りをして、学ランに纏わりついた匂いを嗅ぐ。

「あの人の匂いだ。いい匂い」と私。

好きな人の匂いはいつしか、青春の匂いへと変わっていく。
好きな人の匂いはどこにも売られていない柔軟剤のようで。

けれど生きていると、同じ匂いがする人に出会うこともある。
そのときにふと、青春を思い出すことがあった。

唯一無二なあの頃に、一瞬でも戻れるようなきっかけがあるから、
私は社会人として生きていけているのだと思う。

匂いって凄まじい。
忘れる速度は速いのに、思い出す速度も速い。

今何してるかな、と思う。
学ランを貸してくれた好きだった人を頭に思い浮かべながら。

ただ、1か月会えないだけで

1か月が、いつまでも続く地獄だと感じる。
いや、地獄は酷すぎるからオアシスありにしよう。

昨日から夏休みが始まった。
好きな人と連絡先を交換できないまま。

まだ1日しか経っていないのに、
1週間も話していないように感じる。

さすがに病気だと思う。
その中でも、恋煩いだと思う。

そこらの薬局には薬が売っていない病気。
あと1か月は我慢をしなければならないわけで。

朝起きても、昼ご飯を食べても、夜お風呂に入っても、
好きな人が頭の中にぷかぷかと浮いている。

挙句の果てに、夢の中にまで現れる始末。

自分で言うのもなんだが、
「自分ってここまで人を好きになれたんだ」と思う。

これまでの恋がお遊びと感じるほど、
今回の恋はヒリヒリしていて熱を感じる。

スマートフォンを開く。
友達のストーリーを見るために。

そこには、好きな人と友達のツーショット。
夏の始まりとともに、私の熱い恋に風鈴の音がした。

出会わないまま、出会えないまま

人と関わりあう場が増えた。
今ではネットで簡単に繋がりあえる。

「寂しい」と呟《つぶや》けば
「大丈夫？」と無数のリプが飛んでくる有名人だっている。

それとは対照的に、現実で
誰かと話すことを難しく感じるようになった。

文字で打つことができたとしても、
言葉として人に伝えることができないようになる。

スマートフォン越しの会話ならまだ、
言葉を伝えられる余裕があるように感じた。

「俺ら出会わないのかな」とあなた。
「出会おうよ、社会人になったら」と私。

お金のない者同士の、ネット上の恋。

いつか会えるとして。いつか巡り合えるとして。
どこかでは存在しているのに、出会えないもの。

どれだけの人と関わりを持とうが
結局は出会えないままの人ばかりなのだと思った。

寂しさに敗北する夜

「じゃ、切るね」とあなた。
「わかった、また明日」と私。

今まで続いていた会話が途切れる。
スマートフォンの画面には私の顔が反射している。

つい数分前まで笑っていたのが嘘のように
醜い顔が画面に反射していて、咄嗟《とっさ》にスマートフォンを背けた。

どれだけ繋がりあえたと思っても、
隣に誰もいてくれないのならば寂しさは残るもので。

ベッドの上に寝転ぶ真夜中。
電気を消して静かな中、あなたと通話をしていた。

「今どういう状況なの？」と私。
「たぶん、君と同じ状況だよ」とあなた。
「真っ暗な部屋で、ベッドに寝っ転がってる？」と私。

「おお、その通りだ。当たった」とあなた。

笑う。笑う。笑う。

そして今は、静けさに負けそうな私。
スマートフォンを耳に近付ける。声が聴こえる気がして。
あなたも、同じ寂しさを感じているといいな。
私が、これだけ寂しさに敗北しているのだから。
そんなことを思ってあなたのアイコンを押す。
そして間違えて、通話ボタンを押した。
「通話中のため応答することができません」
この文字が表示されているだけだった。

美しさには、底知れぬ儚《はかな》さが
眠っているそうで

第4章

家族にまつわる傷

「あなたのためを思って言っているのよ」という呪い

親がよく、子どもにこう言う。
「あなたのためを思って言っているのよ」

私のためを思っているのなら、言うな、と思う。
経験を妨げるようなことをするな、と思う。

もちろんのこと、死んでしまったり捕まってしまったり
残念な結末を迎えることに関しては
「するな」と言ってくれればいいわけで。

最初からしてほしくなくて
「あなたのためを思って言っているのよ」という言葉を使うのは、
違う気がする。

この呪いは実際、子どもよりも親のほうがかかっている感じがする。
親が自分の世間体を気にするあまり、
子どもの経験を最小限にさせようとする。

「あなたのためを」という言葉の裏側には結局、
「私のために」が隠されているのだろうと思った。

どうやら人は、自分のことが一番大切だと思うようで。
この子がどうなれば、
自分はどう見られるかという呪縛があるようだ。

親だからこその悩み。
子どもだからこその呪い。

再婚した母の、新しい子ども

再婚した。母が。
そして今日、再婚した人の子どもが来る。

それは僕よりも2歳下の女の子。

以前にも何度か会ったことがあるその子を
どうしても、僕は好きになれないわけで。
どうしても、話してみたいと思えなくて。

あちらから見れば、僕がそうなっているだろう。
僕が邪魔者、みたいな扱いになっているのだろう。

そして、そんな僕を見ても、母は何も言わない。
結局「僕」よりも「旦那」を優先していた。

母、旦那、旦那の連れ子。そして僕。
僕だけが蚊帳《かや》の外にいるように感じる。

実際、蚊帳の外だった。
お父さんが恋しい。母よりも父が好き。
父についていくべきだった。
母の、あのとき必死な顔で言っていた
「一緒にいれば安心だから」という言葉に惑わせられなければ。
仲良くなれる気がしない。
けれど家族となってしまった。

暴力も愛の証だと思っていた

親から暴力を受けた。
足が青くなるくらい、何度も、何度も。

友達から、「どうしたの。転んだ?」と聞かれたとき、
暴力は愛と言い換えられないんじゃないかと思った。

家に帰っても殴られるわけで。
でも私には、親はその人しかいないわけで。

数えきれない暴力も、いつかは愛になると信じていた。
もしくは、愛があるから暴力を振るわれていると信じていた。

いつからだろう、肌を見せないようになったのは。
いつからだろう、
人に心配されることを恐れるようになったのは。

全ての原因は親からの暴力のはずなのに、
親だけを責めてしまうのは違う気がした。

暴力だからといって、悪いとは限らない。
絶対に親は、私のことを愛している。
だから、だから、私は今日も親のいる家に帰る。

夜伽、遺体にキス

遺体にキスをするという行為自体、よいとは思われないみたいで。
けれど長年、付き添った家族になら考える間もなくキスできた。

夜伽《よとぎ》。
親族が遺体とともに時間を過ごす夜。
私はこっそり、キスをした。

唇ではなく、おでこに。

どうせ、また拭くから。
拭くときに悲しくないように。

唇と唇だと、この人を忘れられそうにない。
だからと、おでこに、一方的にキス。

キスで目覚めてくれればな、と思う。
おとぎ話が目の前で再現されればな、と思う。

キスという行為が特別なわけで。
夜伽にキスは初めての経験だった。

愛し合った頃の、温かいキスではなく。
冷えたおでこに、私の温もりが伝わっていく。

一瞬でも、私とこの人が繋がり合えればいいのに。

あの世で生まれたこの人のおでこに、
私の愛の証が示されていればいいな、と思う。

お弁当を落とした

お弁当を落とした。
昼食の時間に、友達の前で。
「大丈夫か」とか「まじか」と言われる。
「平気、平気」と笑って誤魔化した。

床に粘りついたお米。
雑巾を水で濡《ぬ》らして、床を拭いた。

食べられるものがなくなったことよりも、
母親の作ったものを落としたという悲しみが残っていた。
お弁当が落ちたという場面だけれども、
親の愛が落ちたという場面でもあるわけで。
何だか、胸が痛む思いを感じた。
結局、売店に売られているパンを買って

友達と食べることになった。
ゴミ箱に入れられたお弁当の中身。
食べる意思はあったのに、食べられなかった後悔。
家に帰ってから何も言う言葉がなく、
ただ「弁当箱ここに置いておくね」と言った。
母は「わかった。後で洗うね」と言う。
その優しさにまた、私の胸が痛んだ。

夢、そして夢

夢にいつも出てくる男性がいる。
どうしても手が届かないのに、手を伸ばしてしまう夢。
もしかしたら、父親なのかな、と思う。

私が小学生の頃、亡くなった父親が
何かを教えてくれるために夢に出てくるのか。

手が届かないということは
「まだ、こちらに来てはいけない」ということなのかもしれない。

父親は、どこに行ってしまおうが父親で。

あの大きな背中を現実で見られなくなってしまったとて、
夢では何度も現れてくれるから見ることができた。

もし、あの男性が父親ならば
いっそのこと連れ去ってくれればいいのに、と思う。

小学生の頃からもう、10年が過ぎようとしている。
会いたい、会いたい、会いたい、と願う。
触れることのできない背中を夢で、また見る。
この夢は私が、死に直面したときも見られそうな気がする。
死に直面したときこそ、父親が私の手を引っ張ってくれると信じている。

スマホ中毒の原因

「あんたね、スマホばかり見ていたら成績下がるわよ」と母。
「娘の恋愛を少しでも応援してよ」と私。

私がスマホに夢中な原因は、好きな人がいるからだ。

LINEを返信してからというもの、
数分おきに既読がついていないか確かめる。

そして、LINEが見られていないと知ると
今度はInstagramが更新されていないか見る。

そしてここで、無意味なストーリーを私は、投稿する。

このストーリーを、好きな人が見るか確かめるために。
ストーリーなんざ、これをするためにあると言っても過言ではない。

そしてストーリーの視聴者に好きな人がいるか確かめる。
いない。いない。安心する。

まだ、私のＬＩＮＥを見られるような状況ではないのだと思う。
だから落ち着いたら必ず、ＬＩＮＥを返してくれるだろうと。

そこで諦めて勉強をすればいいものの、
ＹｏｕＴｕｂｅやＴｉｋＴｏｋを見て時間を潰す。
返信が来たとき、すぐ確認できるように。

秒では返さないくせに、早く返信内容を見たいわけで。

スマホに夢中、君に夢中。
中毒になる理由が、好きな人ならば、許せてしまう私がいた。

過去に戻るとして

母が今日、この世を去った。
交通事故に遭って、そのまま帰らぬ人へ。

雨。傘は持っているけれど、
濡れたくないと思って母に「迎えに来てくれない？」と連絡。

家から学校まで、車で10分。

少し通りにくい道があったりするけれど、
いつもの母なら平然と通っていたわけで。

母から「わかった。待ってなさい」と返信。
「ありがとう。気をつけて」と返信をした。

けれど、1時間過ぎても母の車が見えない。
混んでいるのかな、と思いながらYouTubeを見ていた。

私が、母が事故に遭ったのだと知ったのは

父からの連絡によるものだった。

「お母さん、交通事故で病院に運ばれた」

ん、となる。

目の前に表示されたメッセージを再度開き、

ただならぬことが起きているのだと感じた。

濡れたくないと思っていた気持ちなんてなく、

私は傘もささないで病院に向かって走った。

着く。

父が待合室にいる。弟も一緒に。

「お母さん、どう?」と私。

「ダメかもしれない」と父。

泣き崩れる弟。

涙を出さないように我慢している父。

全て、私が悪い。母の死。
濡れたくない、なんて我儘《わがまま》がこんな形として。
私が悪い。私が悪い。私が悪い。
父と弟に、合わせる顔がなかった。

過去に戻る。

母には「雨降ってるから、家帰ったらすぐお風呂入る」と連絡。
母は「わかった。気をつけなさいよ」と返信。
私は「ありがとう。気をつける」と返信をした。

ザーッと鳴り響く雨音の中、
少し遠くのところで交通事故が起こっていた。

誰かと誰かの事故。
「大丈夫かな」と思うけれど、人がたくさん集まっていたので家へ向かった。

「ただいま」と言う私の声に
「おかえり、濡れたね〜」と母。
これだ、これが母のぬくもりってやつか、と思う。
そう思いながら、母の遺体がある部屋へ案内された。

触れたいけれど、触れたら、
そのまま落ちてしまう罠《わな》

第5章

匿名の誰かにまつわる傷

言った側が、気づくことのない傷

人は、何気なく刃《やいば》を投げつける。
言葉という凶器が、鋭利な凶器が、口から出てくる。

自分にとっては、いたって普通な言葉だとしても、
相手にとっては、それが傷になることだってあるわけで。

今や、口だけではなくて、指で凶器を放てるようになった。
文字。

誹謗《ひぼう》中傷という歴史的殺人が、日々行われている。
テレビでは、誹謗中傷によって亡くなった人を大きく報道していた。

けれど未だ、減るどころか増えている。

自分の毎日の鬱憤が、我慢が、
誰かの生きる妨げになればいいと思っている。

あわよくば、生きる希望を失え、と思っている。

どうやら、今を生きるには難易度があまりにも高くて。
どうやら、今を生きるには自分も戦闘服を着なければならなくて。

言った側の「そういうつもりではなかった」が通用しない。
言われた側の「私はそう思ってたから」という言葉。

交わることのない意見が、
誰も気づかないまま、傷になって、
癒えてを繰り返している。

青春コンプレックス

青春に取り残された。
正確には、青春を得られなかった。

学生というブランドの中で
何事もなく、ただ平凡な毎日だった。

大人になってもできるような生活、
学生のうちにしかできなかった遊び。

青春コンプレックス。

「あの頃に戻ることができるのなら○○をしたい」

過去に戻ることなんてできないのに
時空を移動できる手段なんてないのに
過去のことばかりに執着する。

しょうもない私。

気持ちの悪い私。

世間では、アオハルと呼ぶらしい。
そんなん、知らんがな。

得られなかったものにだけ嫉妬。
こんな大人になる予定では、なかったのにな。

そう思いながら通勤中に見る学生の姿は、
途轍もなく眩しくて直視することさえできなかった。

水溜まりを蹴り合った、雨の止まない日

バスから眺める景色は斬新で、さまざまな模様が映る。

雨。家から職場まで、いつもなら自転車で行くところを
今日は雨だからと、バスに乗った。

傘からぽたぽたと雨粒が落ちる。
それが自分の服に付かないように見張っている女性がいる。

「そんなん付いたところで」と思う。
けれど女性からすれば、付くことが相当嫌なのだろうと思った。

私は座席から、外を眺めていた。
小学生が、水溜まりで遊んでいる。

友達に水溜まりを蹴り、蹴り返される。
傘も差さないで濡れながら、
はしゃげる元気さを可愛らしく思った。

いつからだろう、濡れることに敏感になったのは。
どうしてだろう、濡れたらいけないように思うのは。
小学生の、無邪気さが羨ましい。
こういうとき、大人なんてつまらないな、と感じる。

雨が続くからもう少し、一緒に

「雨が降り続くから、まだ一緒にいよう」と引き留めた。
無人駅の、電気がチカチカとしているちょっと怖い場所で。
「いいよ、でも早く帰らないと」と君が言う。
「でも傘ないし、濡れるのは嫌でしょう？」と言う。
スマートフォンで、通信できるゲームをする。
充電が、赤くなるまでずっとずっと。
「もう充電なくなっちゃう」と一言。
「そうだね、充電なくなっちゃう」と言う。
「雨止まないね」「そうだね、止まないね」
連絡してみようかな、お母さんに。
「あっちで電話してくる」と言って、その場を離れた。
「お母さん、迎えに来てほしいの。駅で待ってる」と電話。

続けて「○○ちゃんも乗っていい?」と聞く。

するとお母さんが

「何言ってるの、○○ちゃんは数日前に事故で亡くなったでしょ」と言った。

そうだ、亡くなったんだ。事故で。でも今、一緒にいたのに。

私は振り返る。けれど、誰もいないわけで。

駅の電気がチカチカとしている中、鳥肌が立った。

さっきまで座っていたベンチが、2か所、濡れている。

怖いかな、怖いかな。

お母さんが迎えに来た。「早く乗りなさい」と言う。

私はそのベンチに手を合わせてから、車に向かった。

本をめくることで香る思い

本を触るたび、過去に戻れるから好きで。

今を生きている自分が、本をめくることで香る過去の匂いがある。
読んだとき、閉じ込めたままの空気に、思いに、また出会う。

出会うこともないだろうと思っていた空気に、包まれる。
そういったものが、本なのだと思う。

他に、本を書いた人の思いもそこには詰まっているわけで。

指でその人の書いた文字を1つ1つなぞっていく。
著者と繋がりあえるような気がして、気がして。

恋をしてしまいそうにも、なる。

本の匂いが、その人の匂いだとして。
私はもっと、近付きたいと思う。

どうやら、本ひとつでも、傷つけるわけで。
繋がりあうものだとしても、結びあえるものだとしても、
そこには埋まることのない溝のようなものがあるのだと思う。

リリックに書けないような話

言葉ひとつで、捉え方が変わる。
言葉足らずで、聴かれなくなる。

リリックを書くために、さまざまな経験をする。

できるだけ多くの人に共感されるため、
そして自分の思いをうまく伝えるため。

けれどやっぱり、リリックには書けないようなこともあるわけで。

有名になるにつれて、スキャンダルも怖くなった。
ファンとの関係性も、ちゃんと考えなければならない。

前まではファンと付き合うことも視野に入れていたけれど、
今では、付き合うことで自分の音楽が聴かれなくなる恐怖があった。

だからリリックには、恋人がいないような雰囲気を書く。
恋人の寝る傍らで、恋人のいないようなリリックを。

正直、苦しいし、悲しい。
けれど、この歌詞を恋人は褒めてくれる。

数万人のファンに向けたラブソングも、
1人に向けたラブソングと捉えられることもあるわけで。

バンド活動をするうえでの傷。
リリックには書けない、難しいお話。

音楽を私は、今日も作り続ける。

象るから壊れるわけで

象《かたど》るから壊れるのであれば、
最初から形を作らなければいいわけで。

人間関係も、愛も、物も、そして思いも。

人が感情を抱くとき、大抵の瞬間は形のあるものと関係している。

いじめられているときも人間関係があるし、
別れを告げられるときも愛があるし、
大事な何かが壊れるときも物があるし、
忘れられないと悩むときも思いがあるし。

感情が動くときとは、形をどう動かすか考えているときだと思う。

自分がこれをどうすれば、どうなるのか。
自分がここでどうすれば、どう進展するのか。

形があるから、次を考えられるわけであって。

形があるから、悲しいという思いもあるわけであって。
最初から感情を抱きたくないのなら、形を作らなければいい。
何もしなければいい。
けれど、形は自分が生まれた瞬間からあるわけで。
人はどうしても、悲しさからは逃れることができないのだろうと思う。

冬、雪が降り注ぐから今は

雪が降る。
君の肩に、いくつもの結晶が落ちる。

そして、落ちたと思えば、溶けていく。
雪を見るたびにワクワクする気持ちがあるのは、人間の性《さが》なのだろうか。

ただ「白くて冷たい固体」なのに、
日常的に見ることができなければ楽しめるものとなる。

雪合戦とか、かまくらとか。

雪が降り注ぐ季節にしかできない遊びがあって。
けれどその季節を過ぎることで、出会えないわけで。

言葉も同じで、言うことで雪のようなものを降らすけれど、
言い終わることで溶けてしまうもの。

切ないよね、溶けてしまうのは。

悲しいよね、あったものがなくなってしまうのは。
一時期にしか出会えないからこそ貴重であって、
一時期にしか出会えないからこそ大事にしようと思えるわけであって。
早く会いたいな、雪。そして君に。

倫理観に欠けた、青春

倫理観に欠けたこと。
人間としてやるべきではないこと。

今でも続く物理的暴力や、裏での陰口。
目の前で行われているいじめに対しての無言。

どれも倫理観に欠けたもので。
学生の頃は、倫理観に欠けたことだらけだった。

誰かがいじめられているのを見て、
自分はいじめられたくないからと、見て見ぬふりをする。

「やめなよ」とか「大丈夫?」と言うこともなく、
「あんなことされてかわいそう」と思うだけの青春。

自分がされたら嫌なことも、誰かがされているならマシで。
自分が対象ではないのなら、全然どうでもいいと思っていた。

けれど人の興味とはすぐに変わるもので。
いじめの対象も、コロコロと変わる。

私がいじめられる。

周りに「助けて」とSOSを出しても、
「あんなことされてかわいそう」と思っていそうな目で見られるだけ。

自分がしていたことを、誰かにもされる。
いじめることはよくないことだが、
いじめられていることを見て見ぬふりをするのも悪だ。

倫理観に欠けた青春が、未だ続いているのだと思うと、
この世は終わりに向かっている気がする。

月よりも綺麗という告白

「月が綺麗ですね」という夏目漱石の告白文がある。
それに対抗して「月よりも綺麗だね」と言ったことがある。

意味なんてわからなかったくせして。
今ならわかる気がする。

「月が綺麗ですね」とは、直接的ではない告白。
「月よりも綺麗」とは、直接的な告白。

そもそもの意味が違っている。

相手は「ありがとう。月よりも綺麗なんて光栄」と言う。
私は「あれ、告白なんだけどな」と思う。

うまく伝わらないからこそ難しいもので、
素直に「付き合ってください」と言うことが大事なのだと思った。

かつての文豪が残した告白文はいくつもある。

それよりも多い数だけ、文豪ではない人たちの告白文もあると思う。

今まで聞いてきた中で驚いた告白は、
「俺はあなたの血に混ざりたい」だった。

文豪でも書くことのできないもの。
インパクトがものすごく強い。

月という美しいものを使うことなく、
血という純潔なものを使うことなく、
愛をどう伝えるべきか、と悩む。

誕生日前夜の孤独

誕生日が近付くとワクワクする。
ただ、歳を重ねるだけなのに、何かがあると思う。

小さな頃はよかった。
毎年、誕生日プレゼントがあったから。

けれど歳を重ねていくうちに
そういったプレゼントをもらう機会も減った。

別にもらえなくなったことに関して寂しいとは思わないけれど、
何もない1日になったことが悲しいと感じる。

何かがある1日だった昔に戻りたいとさえ、思う。
年寄りに近付く誕生日前夜の孤独。

少しでも祝いたいな、と思ってコンビニのケーキを買う。
1つ入りではなく、2つ入りのものを。

誰かと食べるのではなく、1人で2つ。
ケーキは美味しい。でも、ちょっと虚しい。

誰かと食べられたら、少しは変わっていたのかなと思う。

孤独、孤独、孤独。

誰かと付き合いたいわけではないし、出会いたいわけでもない。

ただ、こうして記念日を祝うときくらい
誰かと同じ時間を共有したいなと思う。

言葉が届かなくなったとて

言葉が届かなくなったとて、私はいつまでも紡ぐつもり。
言葉が届かなくなったとて、私はいつまでも伝え続けるつもり。
言葉が届かなくなったとて、形にし続けるわけで。
言葉が届かなくなったとて、あなたへの思いを募らせる。

届かないまま終わってしまう思いもある。
届きそうで終わってしまう思いもある。
届いてしまう思いもある。

例を挙げるとするならば、

届かないのは「もう、その相手がいない場合」
届きそうなのは「まだ、その相手がいる場合」
届いてしまうのは「目の前に、その相手がいる場合」

届かなくなったとて、いつまでもあなたを恋い慕う。
会えなくなったとて、いつかまた会えるのだと信じている。

恋文を書く。そして、愛用する香水を一振り。
あなたへの思いと、私の愛情をブレンドする。

届かないけどね。
届かないけどね。

形として作り上げておくことで、
いつか渡せたらな、と思う。

「私が納棺されるとき、この恋文も一緒に入れてね」と一言。

あちら側の世界で生まれるまでは届かない。

恋文も、愛用する香水の匂いも、私の存在も全部全部。

途切れるワイヤレスイヤホン

線路が近い道。そこを買い物帰りに歩く。
後ろからゴーッと大きな音が襲いかかるように迫ってくる。
電車だ、とウキウキする。
子どもの頃からずっと、電車を近くで見ることに面白さを感じていた。
だから「うぉー、すげー」と見ていた。
そのとき、ワイヤレスイヤホンで聴いていた音楽が
ブチッと一瞬だけ途切れるような音がした。
電車が通ることで、想定以上の電気がその場に流れ、
回線を乱していたのかなと思う。そういえば、こういう経験を東京でもした。
東京駅構内の、人が混雑した時間帯。
イヤホンやヘッドホンをしている人が
正面や後ろから交差するように歩き回っている。

私は自分で作成したYouTubeを聴きながら
「お！　意外とうまく作れてるな」と思っていた。

そのとき、ブチッと途切れるような音がしたのだった。
何かのバグかな、とスマートフォンを覗《のぞ》く。
けれど、画面には自分の動画が映されていて、どこも乱れていない。

人の多さに、人の使う電子機器の量に、
回線が追い付かなかったのかなと思った。

なぜかそのとき、「自分って社会と繋がりあえてるんだ」と感じた。

ただただワイヤレスが途切れただけなのに、
そこに人と人の繋がりを感じたのだった。

永遠ってあると思う?

永遠はない。永遠はね。
ただ、続くことはあると思う。

明日がくる、なんて思わないし。
1時間後も生きている、なんて思わない。

ただ、今がずっと続くんだろうなと思う。
どんなことをされたって過去になるわけで。

振り返ればいくつもの傷が
そこら中に転がっているようなもの。

わざわざ振り返って
拾いに行くようなことはしないし。

わざわざ自分を傷をつけて
今生きている実感を味わおうとも思わない。

ただ、永遠はないということ。
今が続くだけであって。

そう思っていたとき、
「永遠ってあると思う」と目の前の人物に言われた。

カフェで休憩していたときのこと。
目の前の人物とは、友人。

「ないよ、永遠なんて。私とあなたの関係も永遠ではない」と言った。
「そんなこと言わないでよ。傷ついた。帰る」と言われる。

ほらね、永遠なんてなかった。

おわりに

「また遊ぼうね」と約束をした友人が、
その約束の1週間後に亡くなった。
横断歩道を歩行中、居眠り運転の車が突っ込んできたのだとか。
痛かったかな、怖かったかなと想像する。

即死だったそうだ。
相当なスピードで突っ込まれたのだと聞いた。
それは僕にとっては、先週の約束が、
一生果たされなくなる瞬間だった。
彼が負った表面的な傷が、どれほどのものなのか気になる。

約束をした場所に1人で行くと
友人の儚い顔がふと思い浮かぶ。
彼と遊んだ場所に1人で行くと

友人の笑う顔が思い浮かぶ。
どれも過去の記憶で、もう見ることのできないもの。
僕の後悔は、友人と写真を撮っていなかったこと。
友人だけを撮った動画ならあるけれど、一緒には映っていないから。
僕の記憶にあるものを、
誰にでも共有できる映像に出力できたらいいのにと何度も思った。
けれど、それももう、できないわけで。
そのことも僕にとっては痛い後悔になっている。

これから、まだまだ僕はおそらく、
生きていくのだと思う。友人の分まで。
もしくは、友人に手引きされて、明日には逝くのかもしれない。
明日も目が覚めるという保証は、誰にもない。
だから、後悔しないように生きていくべきなのだと思う。

人って儚い。
自分が、彼が、永遠に失われてしまう恐怖と
毎日こうして向き合わなければいけない。

傷を見るたびに思い出せるのなら、
僕は、友人を幸せにするために、いつまでも傷ついていたい。

言葉って難しい。人を癒すことも、貶すことも、できてしまうから。
記憶って難しい。一度見て聞いてしまった以上、忘れることができないから。
人生って難しい。いくつもの傷を背負って、倒れることなく生きていくわけだから。

僕は傷について、触れてみたくなった。
傷を通じて、あなたとも巡り合えたらいいのに。

君のその記憶、
引っ掻いて噛みついて
残してあげる

まさを
日本の著作家。SNSにエッセイを投稿する。著作に『僕は君の「大丈夫（嘘）」を見破りたい』(KADOKAWA)。自己出版に『言葉の綾シリーズ』『走馬灯が終わる』等。

X ▶@0z0z_
Instagram ▶@masaw._.o
TikTok ▶@0z0z__
YouTube ▶@0z0z_

僕《ぼく》は君《きみ》の傷跡（永遠《えいえん》）になりたい

2024年11月12日　初版発行

著者／まさを
発行者／山下　直久
発行／株式会社KADOKAWA
〒102-8177　東京都千代田区富士見2-13-3
電話　0570-002-301（ナビダイヤル）

印刷所／TOPPANクロレ株式会社
製本所／TOPPANクロレ株式会社

●お問い合わせ
https://www.kadokawa.co.jp/（「お問い合わせ」へお進みください）
※内容によっては、お答えできない場合があります。
※サポートは日本国内のみとさせていただきます。
※Japanese text only

定価はカバーに表示してあります。

ISBN 978-4-04-607188-0　C0095